左撇子

——

葛大為

我是這麼容易

就讓另外一個人進駐

而且不取分文

A

LEFT-HANDER

大概是二〇二〇年初，因為終於去戶政事務所查了自己的出生時辰，重新算過八字人類圖和星盤，我才知道，我的上升星座是獅子座。那段時間過得有點魔幻，彷彿得到人生試鏡的第二個鏡頭，用獅子座的靈魂，再詮釋一次生命的劇本。

「原來葛大也是這樣嗎？」這樣的念頭，某個瞬間閃過了。

根據科技的記載，我和葛大應該是在二〇一四年的時候認識，在酒局、在KTV、在演唱會的場合、在工作上的聯繫上。他並不如別人所形容的神祕，至少對我來說。不想被侵踏的自然也不需要廣發邀請函。二〇二〇的我便僅以一個板塊上的一隻獅子這樣意識著板塊上的另外一隻獅子。而事實上，在他的作品裡面，說不定早就都透露了，那種整理好的悲傷，一頭貓科動物的自我爬梳，如同所有哺乳類動物的命運。

而那都只是為了讓旁人在閱讀他的文字時，一次OK。

「二〇一四夏天，要請你來我富錦街的家，喝我為你特調的
白酒Sangria。」（二〇一三年冬天傳給葛大的訊息）

二〇一一年冬天，有天我謝謝他，我說也許你會問我幹嘛謝
謝你？我回答，因為我真的很喜歡你寫的東西。還有你的
聲音。我真的很喜歡、非常喜歡你的聲音。好好聽。

葛大回：「我才該謝謝妳。週末總在沉默了一整天後，聽電
台裡妳的聲音，像是有人跟我對話似的。妳知道，有人對
話，孤獨裡多幸福。」

然後，我們彼此祝福對方新年快樂。

然後，他答應我會盡量地活著。

我們關心彼此，他知道我最深最蠢的祕密。

終於也在去年完成了我們都好喜歡的廣播節目「同行相記」。

葛大為＝最高等級迷一般男子，運用文字的工夫好可怕，有
時候會被弄到莫名流淚，不是痛哭流涕那種，是默默不知覺
地怎麼哭了啊？

有些朋友，就是這樣美好地存在著。

我是因為《左撇子》認識葛大的。

那年二十七歲，是剛入誠品網路書店的員工，同事們著迷地談著《左撇子》這本書，連文青邊都搆不上的我，不敢接話，默默地 Google。

然後才發現，那位我以為文青才會知道的葛大為，其實常常在我們日常中，廣播裡、KTV，街上的音樂。

失戀時、開心時、曖昧時……各種時刻。
我們都知道那些歌好，但我們常忘了那些歌都來自於葛大。

我們也知道葛大會寫，可很多年後，很多人後來才明白，葛大不只會寫歌，還會寫書。他持續耕筆著許多好書，也許，都快二十年了？

轉眼和《左撇子》相逢，已經過了十三年，這段時間，有幸在一首歌合作認識之後，每本葛大的作品，都能有機會幫忙寫個幾句。一眨眼，從相識那刻開始，居然也十年了。

每次都感到很害羞，論文字，我跟他差遠了；論感人，如果他是一公升的醇酒，我可能只是一杯養樂多。

書本消失，在這書籍氾濫的年代，是很正常的。也因如此，時常喜愛的書，一轉身就絕版，沒有機會再讓人認識。

好高興《左撇子》這本書，從自費出版的作品，而今，加入
了有鹿文化的行列，讓更多新認識葛大的人，可以擁有這本
增訂版。

謝謝葛大出版時總會想起我，誠如我每次聽著你寫的每首歌
一樣。

好高興這本書，能有延續的新生命，希望它能，一直一直，
出版下去。

某次偶然看見一位西洋明星簽名，他總是先寫下後位的姓氏，再寫名字，猜怎麼著？因為他是個左撇子，為了不讓筆墨因摩擦而模糊就必須調整書寫順序。這個發現顛覆了我諸多認知，如果我始終習慣讓自己身處在多數的位置，我就看不見這個社會有些規則其實是為主流量身訂做。

左撇子觀看世界的方式一定與我截然不同，讀葛大為老師的字裡行間，他總能在日常風景中撿拾別具一格的靈光，看著這些穿梭在愛與離、甘與苦、回憶與時代的情感符號，以及隨之而來吐息起伏的波動，文字的主人論點精闢，刀刀戳中要害，卻又能見識到他對待世界的溫柔面貌。他的生命經驗，捏出了作品的血肉骨，時而銳利、時而關懷，多年以前的妙見，彷彿也應證這愈來愈虛無的時代，我們心裡那片諳暗海域，潛沉在深邃更深之處，幽幽不可明視，卻遠方有人為你點亮。

讀到〈週刊〉裡深入日常的速食情愛：「你要我　在支離破碎的自己裡／看見完整的　我　或者你／而　這個書店不休息／有多少人／翻了翻　就走了／而我對你／卻是心疼不已」。讀到〈靜電〉中對細微現象的瑣碎自語：「迷戀上相向的兩列電車擦肩交會的那一剎那，從車廂裡看著對車揚長而去，會有一時之間不知自己身在何處的錯覺。靜電發出了嗶嗶剝剝的不安聲響，似乎試圖紀念體驗撞擊之時的顫動。如果愛上一個比生命還重要的人，應該也是這種滋味吧。」又

8

或者〈下一輩子〉中對生命的詰問:「完美的下一輩子／要大方地回頭欣賞自己的殘破／勇敢地讓眾人對我失望一次／或許出生在又一次的瘟疫蔓延之時／願那時的我憎恨等候／能夠痛快轉身／比誰都狠／那輪迴裡不再是隻偽裝的狼」。葛大為讓許多習以為常的生活場景都凝練為語句,彷彿一個僧人凝視山林,述說著得來不易的悟念。

他的文字自然投射的生命觀,宛如來自另一個方向,不急著對抗也不留戀擁抱,任憑美好與殘酷的景色靜慢流淌,末日感當前也不改其色,儘管這個世界隨時都要崩塌。

他皮膚下的竄流的情感，像呼吸一樣淺白，卻是從心底深處長出來的低喃。

關於葛大為與我

有幾次交會的記憶

那次相聚還有其他朋友
我發現他高，極端消瘦
不多話，眼神憂鬱
我也沒多說，我們在安靜的沉默中交流

那是一個熟悉的記憶
再熟悉不過的闇黑

頒獎典禮的聚會
我們合照，他有點緊張他說

他有著健身後的線條，侃侃而談
並且在友人的臉書上總有令人叫絕的回應
但我們始終不是臉友

一九九七年我發行《左手》專輯
辦了左手聚會，他說他有來
這應該是我們第一次見面
只是我還不認識他
那時的葛大為是個男孩

12

我是左撇子，天生用左手

我曾經歷無端的壓抑與莫名的否定

某個部分的我本來就孤獨

經過這麼多這麼多年

逐漸可以疼愛自己的左手

逐漸卸除一些些自我的壓抑與否定

以及享受孤獨完整自我

回頭翻閱那些黯黑的字句

也能逐漸明白這一切其實是成就我們成為我們的通道

而這些那些一字一句

也都因為那迷霧的敏感

成為真實又美麗的詩篇

我們早已擁抱過

認識David很多年,起初是因為一起工作,後來也成為了要好的朋友,我只能說,他的思考方式跟一般人不一樣,他的生活方式也跟一般人不一樣。也因為這樣,我喜歡跟他分享,跟他聊天,因為從他不同角度的分析,會得到一些啟示。特別喜歡跟他一起合作的一首歌〈天堂〉,一種超越現實生活的感情世界。很興奮David又要出書了,我想透過他的書,一定會在我們「規律」的生活中,感受到「不規律」的感動和驚喜⋯⋯

給葛大的序⋯⋯

認識他是在我要發第一張專輯的時候。

葛大寫了很多很多的文案

有人叫他知青，但是是「假」的那一個：假知青

後來我也就跟著叫他假知青

我發現，他的歌詞寫得挺好

而且除了寫詞

文案裡寫得讓我讀著的感覺有好多是很貼近音樂的畫面的

跟唱歌時的心情很像

不用字字句句細細地說明

但是卻能精準地寫出了歌中細膩的感情

也許是葛大很多愁善感

而且喜歡自己一個人去旅行的關係

記得有一次我問他

在日本旅行時最好玩的是什麼

他說：坐在麥當勞喝飲料看路邊的人

所以我想

他是多愁善感　心思細膩的　嗅覺敏銳的　愛獨處的

有點神祕的

所以寫出了這麼多在這本書中的短篇文章

有點像日記　他人的，他自己的，

甚至是我們腦海裡曾胡思亂想過的

16

讀著的時候

會想

呵我錯了

他是個知青啊

只是啊

是個聰明地把自己包裝成「假知青」的，真知青。

我們都應該看看葛大的文章

想想那個被遺忘了的自己，在心裡小小聲音的自己

偶爾喜歡獨處的自己。

謝謝葛大！

認識葛大為是在工作的開會場合，第一次見面，我就認為他是一個有苦衷的人。所謂的苦衷，便是有口難言，他要說的，他在意的事情，絕非這些流行歌曲的歌詞就能裝載得下。我幸災樂禍地等著看好戲，看他能忍到什麼時候，果然讓我等到，他終於出書了。

葛大為選的文章標題很有趣，他善於認出那些向他招手的文字。這些標題就像是一個一個窗口，每個形狀造型不一，每一扇窗裡都是一個生活場景或一個腦海閃過的畫面，只需一探便讓人回味不已。

我喜歡這些文章裡面斯文的人情世故，有趣的比喻，和沒有壓力的自我期許。我們這代人沒有經歷過戰爭和饑荒或經濟大蕭條那類值得深思的大是大非，只能在自己的書桌前或者捷運站裡思索存在，伴隨著無足輕重又充滿意義的思緒。葛大為把它寫下來了，並且讓它們韻味十足。

新版序

空氣鳳梨

十幾年過去了

不適應的　終究也沒妥協多少

偶爾想起當年獨立印刷這本書

家裡跟辦公室堆滿了書

除了鋪到通路的

出門時就把書帶出去寄

幾乎每本書都經過自己的手

氣味　和重量　都還記得

十幾年過去了

後來相識的許多人

都告訴我書櫃裡有著這麼一本　左撇子

我那　格格不入的人生

再回頭看　竟也有些陌生了

我一向不是喜歡回頭看的人

畢竟要往前念想的　還很多

讀起重新編輯的片段

像是未來人跑到很久以前　設好的鬧鐘

在我現在這個年紀　這個階段

這個始終模糊的時代裡

賜我致命一擊

當時還是天真地相信些什麼的吧

不像現在

活得像是我陽台新養的空氣鳳梨

彷彿不需要什麼

就能活

目次

I | 愛是一場饑荒

II | 世上沒有馴獸師

Ⅲ │ 你說　我願意聽

Ⅳ │ 無痛

後言

手錶聯想曲

我右手的手錶跟你左手的手錶碰觸

發出清脆的聲響

或許

我應該換一邊走

但

我還是喜歡

這樣的聲響

一個左撇子

和一個　右撇子

質數

「對於任何一個大於1的正整數，如果除了1和本身之外，
沒有其他因數，則稱這個數為質數（prime）。」

除了愛著

世界上唯1能夠讓自己感覺完整的個體

以及　源自天性的　自私　愛自己

沒有其他因素　介入　搗毀

沒有第三個人　可以把我們的愛情瓜分除盡

在熱愛混亂曖昧的城市裡

我們是

最單純的

質數

靜電

迷戀上相向的兩列電車擦肩交會的那一剎那，

從車廂裡看著對車揚長而去，

會有一時之間不知自己身在何處的錯覺。

靜電發出了嗶嗶剝剝的不安聲響，

似乎試圖紀念體驗撞擊之時的顫動。

如果愛上一個比生命還重要的人，

應該也是這種滋味吧。

我聽說人一生中會出現一次極準的預感。

諸如親人逝去的時候，在遠方的遊子會突然流淚；

或者是兩個在街上眼神交會的人，

因為一見鍾情而認定了幸福的真愛等等的。

每個人一輩子都有這樣的一次機會。

不管是以胃痛、暈眩、莫名的亢奮等形式的預言，

都是上天對因不確定而驚惶人們的眷顧。

在電車交會的剎那時空裡，

我突然相信這種預感的存在。

黑暗的高空裡我望向閃爍的地面，

有一種天空的錯覺。我知道那個一生一次的預感，

已悄悄住進我的身體。

「流星劃過。青春如斯。」

我可以放縱我的任性是一班過站不停的惡劣公車，

我也可以狂亂地擁抱每一個路過的徒步者。

我可以走在滂沱大雨中而渾然無所覺，

我可以忘記我過往的所有快樂。

我無視我心底的鬆軟無力，我無懼北途的狂風暴雪。

因為我知道我這預感已經出現。

我是這麼容易就讓另外一個人進駐，

而且不取分文。

黃昏的街頭，這個世界展露疲態，

我聽見電線桿上微微的電光響聲。

在等待電車來臨的片刻，我確信那個人是你。

而我有四肢、我有語言，

卻無法距離你近一點。

只有微弱的靜電，在我們即將擦肩之時，

發出瀕死的哀嚎之鳴。

橋上的戀人

我和你　擁有著不同的殘缺

流浪在這個叨叨不休的世界裡

擁抱只為獲得一秒鐘的　安靜

讓我窩在你懷裡

一句話也不用說

我想要疼愛的保護的你

吻已漸漸滲透到我皮膚之下

最危險的地帶

我的心從此就染上你的顏色了嗎

它可能此時此刻只是一座荒廢的工地

但讓它也成為聯繫你我之間的橋

在有生之年裡矗立著

而你別停止呼喚我

我需要你的張望與尋找

我需要你的憤怒與徬徨

我需要你的微笑與肩膀

而我不顧眼疾繼續為你作畫

你不顧瘸跛繼續為我奔走

這樣的好晴天是不是應該出發到某一個我們都沒去過的地方

在新的角落　新的座位　用新的節奏　談新的生活

這城市都是你與我的事了

走路的快樂

天氣是真的太好了

就算沒能出遠門走走

這樣的假日

也適合　悠閒地坐在室外吃頓晚餐　喝杯咖啡

連漫無目的地走著　溫度　濕度也剛剛好

就覺得是一種幸福了

不小心在斑馬線上放空　都笑了

我能走路

所以我能找個地方坐下來　靜靜等待

所以我能不時地靠近或遠離你　選擇我要的溫暖或自由

所以我能調整我的步伐跟呼吸　變成一曲慢舞

所以我能看見天空的星星與月亮　跟著我移動了

這是　走路的快樂

總有一天會到來的憂鬱和害怕

五分鐘後就要打烊的店

暫時都先不想了

一定要集中精神　預備幾個話題

漫天闊地地討論著

要是突然安靜下來

應該會被發現自己的失神吧

別這樣看著我的眼睛

快想一點其他的事情　轉移一下別故意了

哪一首歌　這時候浮出腦海　就唱那一首歌吧

何必管節奏跟氣氛

幾次不經意地觸碰

竟是在目送道別時　特別想念的

已然預知　寂寞是併發症　期待是副作用

這時候　恨不得自己是完美

卻還是　渺小卑微地　只能視　走路為一種快樂

沒什麼

也沒有什麼

我只是

想學會描繪　揣想

一點快樂的心情

· · ·

牽著你在天空飛翔

這樣看世界不一樣

39　有了你在身旁　笑的臉龐

世界或許　就這麼寬廣

忽然就忘記了慌張

人海之中你最明亮

無意間的影響　漸漸擴張

你豐富我　生活感想

何必尋找　所謂天堂

原來我因為你

不想再去流浪

情願平凡　不擁有一切也無妨

有了你　在心上

已然是　天堂

有了你　在心上

已然是　天堂

小火鍋

小火鍋

不斷冒出蒸氣

那溫熱

也比不過

面對面時的

悸動與快樂

這樣的神奇發明

是怎樣個性的發明家

勢必有點孤僻卻又熱愛人群

從鍋心剖一半

劃定楚河漢界

產生一條安全距離

卻親密地面對面

用熱氣吻了

我們不必共享

只是面對著

共同感受這熱能

很近　也很遠

這一半　是我的口味

另一半　是你的口味

我們的湯頭一樣

煮的方法卻不同

看起來相似的兩個人

卻有千萬種不同組合的想法

好奇你進食的順序

好奇你調味的比例

好奇你點的甜點

好奇你說的話語

你擁有你的辣

我擁有我的清淡

你擁有你滾燙的熱湯

我擁有我愛半生不熟的高麗菜

你的回憶並不造成我未來的苦痛

我當下的疾厄也不影響你的心動

我們就這麼　靜靜坐在同一桌

PM7:37

在小火鍋沸騰的海峽

對望　笑了

草莓果醬的啓發

吃土司的時候常常很貪心地多抹一些草莓果醬。

當下是不管什麼熱量不熱量的。

草莓果醬所提供的也不只是一種酸甜的味覺。

而是土司上一層濃厚的口感。

當嘴唇親吻著麵包中冰涼柔軟的草莓果醬。

就算會變胖了也讓人義無反顧吧。

戀愛的時候人也總是不顧一切地甘心付出。

那貪心不在獲得什麼，而是太貪心想讓對方快樂。

當下是不管什麼壓力或道德的。

戀人所代表的也不再只是一種曖昧的精神聯繫。

而是手掌相互碰觸到時那樣的的確確感受到的電流。

就算對方再出什麼難題也猛然有一種想挑戰解答的心吧。

三明治

總是在找一個最安靜的角落

讓最不安靜的心跳　都被聽見

忽然發現自己習慣性地沉默

怎麼會　就因此感覺不安了呢

就算瞬間發覺這不太像自己

因為你的堅持 我也願意相信

那才是我原來應該有的樣子

只是一起等公車也變得快樂

陽光離開磚牆的時候　是不是也會覺得不捨

沒有關係　明天同一時間　地球又會轉到這一個方向了

彼此深深埋藏的心裡話　不知不覺不小心就透露了

被我發現的你　被你發現的我

都比預期中來得有力　直接得多

可惜我還有很多悲哀　來不及對你說

如果就此深陷下去　是不是太危險了一點

我不是忘記了　而是忽略了風速

我以為現在應該是逆風的方向啊

霓虹燈在商家　打烊之後　依然照著　真是天殺的固執

可以這樣一直簡單地走下去嗎

用一種或許奇怪　但不經意的步調

不是彼此施壓的情感　但我怎麼莫名其妙在乎了起來

就算回去的路是熟悉的　還有幾個吵雜的路人

是不是不用管別人的頻率與步伐

還是可以走到自己想去的地方

終於明白為什麼有些劇情　不適合一個人看

過度悲傷的日劇　理論上是設計給當你有個可以依靠的肩膀

或許因為相互了解的安慰　是阻止眼淚的最好良方

就算煽情了　也很可愛

在某一些無法解決的事情上　我承認自己的無能為力

但在這一瞬間　我是踏踏實實地活在現在

沒有看過去　也沒有想以後的

真想咬你一口

忽然就那麼那麼那麼地　不在乎　這個世界的鏡頭了

餓

一片香蕉蛋糕是我的午餐。

在我點餐後的三十七分鐘後送達。

老闆娘說因為沾醬沒有了正在做。

於是我只能餓著肚子跟狗玩。

公車上高架橋的時候開始下雨了。

這並不是今年第一場雨我卻覺得好新鮮。

隔著窗戶開始霧沉沉地我也不知不覺睡去。

總在該下車的那一站醒來。

順理成章地走下車去。

悠遊卡與刷卡機不需要親吻的感應。

是一種永恆的遺憾。

或是值得羨慕的默契。

延伸至我們呢？

我只有在見你的時候才會想念你。

你走遠了。

有時候我連你的樣子都記不清楚。

但我心裡記憶體裡是確確實實被你占有一個位置的。

我不確定那個位置在靈魂的哪個地方。

可能很淺、

也可能很深。

就這麼在岸邊往海面看是永遠不會明白的。

雨停了。但是空氣裡還有一點濕濕的氣息。

那表示你記得。所以氣味得以留下。

想念是一種餓的狀態。我無時無刻不饑餓著。

愛你是一場慘烈的饑荒。而我忍不住被犧牲。

而蝗蟲就要來了。始終不明白。

或許你永遠都不是我需要的營養。

又饑餓又心慌。

那就是混雜了寂寞的愛情。

在這世界上存在的狀態。

不是氣體液體也不是固體。

沒有溶點沸點更不會蒸發。

你沒有出現我就開始懷念。

但是怎麼也想不起來。

我是何時何地開始記住你的。

嬰兒初生就知道肚子餓了。

只是他懂得哭。

我卻不懂得。

等電話

我無法抗拒每次手機響起的時候。

我總是把它供奉在室內收訊的最佳位置。

那無關風水只要滿格。

我也會把手機鈴聲調到最悅耳的設定。

那無關幾和弦只想善待我的耳朵。

充飽電池是每日功課。督促我也精神飽滿起來。

我像個DJ擁有很多的背景音樂,

打電話來的人可以享受到不同情緒的風情。

我努力把接電話這件事布置成一件快樂的大城小事。

就算睡也要睡在電話旁邊。

就怕錯過了。我隨時保持敏銳的聽覺之最。

如果世界上有人是多麼殷切地需要我。

而我是同等殷切樂意地被需要!

如果想我的人找不到我,該是多麼著急啊!

樂觀判斷。總可能是你打過來。我奮力控制我的雀躍。

我喜歡等電話的滋味。

我豎起耳朵。彷彿企盼宣戰的好戰分子。

玩一場機率的遊戲。

就算是未知號碼的來電,也有一種揭曉謎底的趣味。

即便是千篇一律的推銷,我也享受陌生聲線的刺激。

有人打錯了我也是心甘情願地風度翩翩。

一通電話我總會在響第二聲之前就接起來。

回覆一則簡訊的平均時間是8.93秒。

不要留話給我我不聽。因為我還來不及從錯過你而難過的心
情裡平復。

我是電信業者的高級用戶。在手機前面我從不驕傲。

但其實這樣的心情失落比幸福多。

電話並不曾響。你並不再撥電話來。

只因為耽溺孤單的我，如此害怕被世界遺棄。

但我還是決定心頭上好好眷顧這樣的瞬間。

生活注定要交雜著good or bad news，

總有一天會有某通電話，

在電池耗盡之前，會以我設定好最悅耳的旋律。

安撫

再堅強的人

都會有脆弱的時候

就像是圖書館的公休日

那些外向的書本們

也必須承擔一天　自閉的寂寞

就像等待牙醫找到牙疼的原因

你總有一種奇特的方法

不直接地安慰卻迅速地對我治療

是一種對症下藥

還是一種此情此景下

我們用默契　溫柔地套招

為什麼輕易地被安撫

連基因都無法回答的

若是聽到某種振盪在空氣中的頻率而能夠擁有的安穩

大概是長路上

一直在尋找的東西吧

也就不再覺得自己那麼軟弱了

也就不再覺得自己那麼失敗了

也就不再覺得自己那麼固執了

也就不再覺得自己那麼沮喪了

摧毀我的獨立

卻包覆以另外一種更安全的材質

. . .

看住時間　別讓它再流浪

從前我　太適應悲傷

你的出現　在無意中

卻深深　撼動我

一起走著　沒說什麼

心是滿足的

這個世界　隨時都要崩塌

我沒有　其他的願望

假如明天　將消失了

趁現在　我愛著

只想記得　被你抱著

溫熱的感受

Love's beautiful

So beautiful

51　我失去過　更珍惜擁有

多慶幸　我是我　被你疼愛的我

緊緊牽住的手　不要放手　永遠守護我

Love's beautiful

So beautiful

我很快樂　你會了解我

我不會　再哭泣　是因為我相信

我們勇敢的愛著　每秒鐘

都能證明　一生的美麗

Love's beautiful

So beautiful

懸日 （2020）

時間被回憶填滿，沒有故事的人才是最孤單的人。

我們都不自覺喜歡在感情裡當受害者，或是當過受害者，但也許早已沒有加害人，以為身體都好了，卻還是喜歡牽掛或是被牽掛的感覺，原來我們都是被回憶照顧著的人。

愛情裡最壞的狀態是，我們之間沒有誰是壞人，卻還是走向分離。兩個很好的人，分開後各自擁有另一段幸福；兩個很好的人，比忘記更難過的存在，是彼此都非常的好，也知道讓自己變得更好，但卻給不了祝福；兩個都很好的人，讓人放不下的是，原來我們各自都是可以過得那麼好的人，並不是因為我們要在一起才會幸福快樂，原來分開才是加法，我們都有對方無法給的東西。

是放不下，還是捨不得放下。在那個擺放著琳瑯滿目的二手市集裡，看似無用的物件，也能成為另一個陌生人如獲至寶的寶物，愛情也是，我們都奢望新的感覺，卻忘了有一天新的也會變成舊的，舊的也會成為另一個新的面貌。原來，我們不是最好，但也不是最壞的，太陽終將落下，也該順其自然，讓回憶放下。

53

. . .

黃昏宣告著　今天已死亡

淡去的光陰　是我的戰場

重遇在熱絡的市集

我很喜歡你的她

多配你呀

是真的開心　不是在作假

沒有煙硝　互動健康

趕緊拿出我的手機

也讓你看看我的他

不介意的話

落下　同一顆太陽

有什麼特別的嗎

你還不是一樣

溫暖卻停在遠方

對峙著不可能的愛情

也該像懸日那樣

讓它落下

她刻意放空自己

想留點時間讓我們

再說說話

我像在愚弄自己

演哪齣破綻百出的

心胸寬大

你不忘調侃自己

不夠好卻總是有人

為你牽掛

我又被回憶波及

心怎會這樣不強壯

落下　同一顆太陽

有什麼特別的嗎

你還不是一樣

溫暖卻停在遠方

對峙著不可能的愛情

也該像懸日那樣

讓它落下

讓它落下

讓我放下

我沒放下

我想放下

世上沒有馴獸師　（2020）

在你面前

每個萬變的我

都會瞬間不見的吧

然後

什麼也沒剩下

卻成為了你

愛的真諦 (Ending Pose) (2020)

把自己的好，

寧可挖下一塊，

塗到對方傷口上的仁慈，

那就是愛。

你不能什麼都要。

最近漸漸發現，不知道是一種統計上的或然率，或是時代環境的發展趨勢：穩定長期的情感、婚姻關係，與協調的性生活往往是成負相關的。這個城市裡唯有孤獨的人可以在肉體上獲得滿足、刺激與新鮮感，如果你得到了偉大的愛情旗幟，也通常必須犧牲肉體歡愉，為了成就那份精神上的依賴關係。

20××年。

情婦已不再可憐。第三者往往比元配快樂。沒有刺激沒有痛快沒有冒險。換一個名分、換一個認同。可惜這認同這年頭已然不值錢，聰明的情婦不會來跟你這正式搶的。第三者已經進化，學會甘於做一個快樂的第三者。如果你選擇名分選擇所謂的契約化的保障，那麼就認分地守住你所該擁有的。愛情的爭奪霸占在這個年頭已然發展到另外一種邏輯。「你不能什麼都要。」你必須在浪人與生意人之間選擇，如當年填志願一般的，不願辜負自己，卻也別太貪心。愛情這塊大餅，你心知肚明不能獨占，端看你要的是什麼。沒有人能絕對富有。情場浪子與貞潔烈士也該握手言和了。

Happiness

英文的「幸福」是 Happiness，

因為是 Happy 的詞類變化，

我總覺得在西方人的世界裡，

「幸福」跟「快樂」基本上是等同的。

可是，「幸福」和「快樂」一樣嗎？

幸福的感覺，帶有一種滿足感，

即使下一秒就要死去也心甘情願的。

快樂，比較像是當下愉悅的感受，

因為下一秒可能就是衰老孤寂而害怕起來，

於是更用力地浪費。

幸福，像是獲得；

快樂，則是消耗。

應該享受當下的快樂，

或是感受長久的幸福？

吃到一盤超級好吃的炒飯，你會感覺快樂還是幸福？

愛上一個讓你心動的人，你會感覺快樂還是幸福？

看到一部好看的電影，你會感覺快樂還是幸福？

跳了一首澎湃淋漓的熱舞，你會感覺快樂還是幸福？

我們一生中要追求的，

是短暫激情的快樂，

還是恆長穩定的幸福？

中間值

我常覺得，一個再怎麼惡劣頑固，再怎麼難以共事相處的人，當他的心中出現了一個新的名字，對那個名字有了喜歡的感覺，所有的頑固刁鑽當下都會化為善良。當我們對一個人的喜歡，還沒有變成腳踏實地的愛，感覺輕飄飄地浮在空氣裡，臉莫名其妙就紅得以為是發燒了，連搭捷運一個人想著想著都會忽然笑出來，也不知道在窮開心什麼，可能連對方的確切長相都不記得的，對方卻能從遠處遙控自己的笑意，還談不上牽掛，更說不上擁有，但是這種曖昧不明的力量卻是著實強大到讓人不管年齡心境差異多大，都頓時變得純真可愛。這是情感狀態裡最美麗的一環，有信仰、有想像、有衝動、有自由。這時候的自己，恨不得自己能夠更好更完美。對方究竟是怎樣的人，最後兩個人究竟會不會在一起，發展到什麼地步，倒不是那麼重要了。

但注意我說的是「喜歡」，而不是「愛」。當感情獲得確認，良好互動後塵埃落定，當對方成為自己感情裡新任的伴侶，當猜測與幻想從兩人情感的連結中消失，多出的是兩人共享的相處時光，共同對人生的經歷與成長，但似乎從此之後就少了些什麼。愛情是不是注定要有一些朦朧的成分才有可能維繫？電視上某個女藝人說她從來不讓自己的先生看見自己敷臉的邋遢模樣，看來我們都太放心自己在愛情生活裡讓

對方看到的樣子，當你喜歡一個人時那是完美的，因為愛還沒有開始，所以也不會消耗；但當你戀上了對方，與他開始一段情感關係時，愛情就注定是火爐裡的紙錢，的確是愈燃燒愈富有啊，但意思到了之後呢，終究也只是一團灰燼吧。愛情燃燒殆盡，我們開始不承認我們曾經擁有過的一切，瀕死的灰燼遇上最後的一盆冷水，只剩下難聞的氣味與難以清理的炭屑。但這畢竟是「愛」一次最完整的生命週期啊。我愛你你愛我，我們什麼都做了，我們愈來愈像對方，卻也諷刺地愈來愈不像你所期望對方變成的樣子，終究要面臨我們其中一方任意地選擇死去吧。

究竟，人所追求的幸福該是哪一種？什麼都沒有，卻認認真真地心動過；還是渡過從激烈到平淡的相愛儀式，看看時間能撐得多長。前者只停留在想養寵物的階段，羨慕別人豢養寵物的愉悅快樂；後者是真的開始在家裡養了寵物，但你不知道牠會活多久，心神不寧啊。我最近一直很認真地思考人跟人的關係。如果我很喜歡你，一定得轉化成我愛你嗎？我如果想讓你知道，是不是我一定要說愛？或者我們一定要一起做些什麼？有沒有可能，我讓你知道「我喜歡你」，但是我永遠都不要愛你，背負愛的罪名實在太沉重，我們介在一種朋友與愛人中間的親密關係，微微曖昧模糊卻又定義清晰。我知道我無法實踐這種相處模式是因為這樣太投機了，愛情像投資，必須承擔風險，而我不願意負擔情感坦白的任何風險，只想雙贏，和你一起穩賺不賠，但是天底下哪有這種生意？就算你懂，我也懂，難道「心動」真的只是人類情感下的一種過渡狀態，可不能把那些悸動與身心反應當作常態的……Who knows？

今天上網的時候看見一個人的文章，忘記作者跟出處了。總之我記得他寫：「千萬不要忘記『喜歡』一個人時候自己當時的樣子，但『愛上』一個人之後，就別去在意自己究竟會變成什麼樣子了。」剛好在思考類似的課題，若有一天，你有一個心儀的對象出現了，你會選擇心動，還是行動？你會選擇愛，還是喜歡？我們如果找到某種中間值的話，我們是不是就戰勝愛情了？

Lover 2.0

大家都在討論著 web 2.0 網站創造出獨特使用經驗的，
是四項「體驗屬性」：
去中心化、集體創造、可重混性、突現式系統。

於是我開始慢慢在網路上看到一些
Singer 2.0、Writer 2.0 等等的名詞
或許有一天（或許早已開始）
人們也開始流行 Love ／ Lover 2.0

去中心化

愛情只是消遣　體驗歷程不外　點選　習慣　疑慮　厭倦
丟棄　然後　反覆再來過

集體創造

我們的愛情不只是我們的愛情　而是充滿著　社交　謊言
欲望　誘惑　那些無以名狀的藉口們

可重混性

我們的愛情將變成複選題　所有答案都將成立　而隨時　我
也將不再成立　這是一個隨時崩解的王位

突現式系統

我們盡可能地將我們的感官極致到百分之百　爭奇鬥豔　交相廝殺　好不刺激

到時候

從一而終　白頭偕老　兩人世界甜蜜戀愛　就真的是過時過氣　內質虛幻　外質也乏味的雜質了

好人與壞人

某個劈腿成癮的朋友

最近看似安定下來了　至少半年沒有出軌過

大家都讚賞他變成好人

另一個交往穩定的朋友

走在路上對別人多看了一眼

大家都責怪他變成壞人

就像前任情人永遠比世界上任何一個陌生人都還要冷淡

第二名永遠比最後一名悲慘

偏食者

他原本偏食。口味挑得很。

苦瓜不吃、魚不吃、過酸過油過辣過鹹的他都不吃。

和別人交往的時候，

總得不厭其煩地把他生活裡的規矩、用餐時的口味一一耳提

面命他的情人。

可惜他的戀情總是很短，

熬不過十天半個月。

長袖襯衫也總能撐得到換季，

新戀人留在這的牙膏沒擠過幾次，就換人用了。

他卻又不甘寂寞，

分手一個禮拜之內就非得找個新情人。

於是幾年來也看過他換過無數的對象，

某個場合一塊兒吃飯，

我卻發現他口味漸漸不挑了。

好奇他怎麼愈見隨和，

他只是悄然地說，

「我愈來愈懶得隔幾個禮拜就得跟個陌生人解釋我的作息習慣，

解釋了戀情也未必撐得比較久。看來愛情與了解無關。 70

或許只是誰用不膩的問題而已吧。還是別挑了。老了、懶了。」

他想，

也並非他現在就真的喜歡吃眼前的這些他過去曾棄之敝屣的菜餚，

但還是大口下嚥。

新的情人在餐桌上對他笑了笑，

得意地對我稱讚他從不挑食。

情人節快樂

原本和諧平衡的狀態在這一天再度被挑釁。

單身的人跟成對的人。在這一天成為兩種身分。

「情人節」。

「情人」變成道路的通行證。

變成幸福快樂的一日執照。

而這一天世界上的次等公民——單身的人，

必須承受軟禁家裡一天的危殆。

其實也可以冒險看看，試著走在路上。

看著路人眼神就像看見餐桌上只有一根筷子的不自然。

不知道犯了什麼罪是比較痛苦的。

而最恐怖的是明明有著如往日獨處的好心情，

一上網朋友馬上捎信息來：「沒關係！加油！一個人也很好。」

同情的口吻猶如獄卒賜予死囚的心願。

May 跟 Jack 這一天到城裡最高檔的餐廳裡享用浪漫的情人

大餐。

一般來說，

沒有兩、三個月前預約這間餐廳是絕對不會有位子的。

May 想，跟 Jack 在一起也不到一個月的事，

Jack 竟能如此體貼，安排這樣的晚餐；

或許是本事高超、攀靠關係，才臨時約得到位子。

但耐不住好奇，May伺機問了侍者。

侍者緩緩回答：「他每年都會早早預訂好這一天的餐廳。他是老客人了。」

May恍然大悟，

原來她不過是坐了他心裡的一個位子。

那個位子誰都可以坐，只要能讓他不寂寞。

「愛」原來只是心裡需要填補的一塊碎片，

並不是童話故事裡的萬般契合、命中注定啊。

「情人節」，

究竟是奉獻給「愛情」，

還是害怕孤單時能夠陪伴自己的人任何一個「情人」呢？

Other side of the world

我們究竟要看多少次《麥迪遜之橋》

才會懂得愛情

如果眼淚是一種教訓

我們卻寧可一次次沉溺在這種不受教的心態下

想當一隻受寵的小鳥

但愛情用時間的唾液築成的巢啊

早就無法容納貪婪的我們了

我們無條件地對愛人信任

是因為沒有其他的選擇還是我們真的懂得信仰

心愛的狗跟著我失眠了

恰好牠也不想睡嗎

還是牠拖著滿身的疲憊來愛這個主人

把行李分門別類有什麼用呢

說再見的時候　還不是要帶走

還不是匆匆地　忘了它原本應該歸屬的類別

還不是得閃避你的眼睛　匆促地把行李再放回箱裡

愛不愛了以後　建構的世界也跟著變成廢墟了嗎

把某個軟體uninstall之後電腦還是難以恢復成原來的樣子

雖然容量早已變回原來的寬敞

但就是不可能一模一樣　總有什麼痕跡的

像你坐過的沙發　在你起身走遠之後

還是記得的

一種叫做「永恆」的

不辜負就不能得到的一種情愫

愛情更臻完整不能缺乏的一種元素

「我不愛你了。」

「我不愛你了。」

你曾經對某人說過這句話嗎？是賭氣的？還是決意的？還是宿命的？一段從愛到不愛的漫長旅程，猜想你也走過。

這幾個字其實是從張愛玲來的。幾年的苦戀讓她終於對胡留下字條，「我是已經不喜歡你的了。」胡蘭成成就了她的愛情、也摧毀了她的愛情。在那樣堅決的語氣之下，我卻看見張愛玲並非真的將她的愛情瀟灑作結。不過鎖在一個巨大冰冷的保險櫃裡。只是把鑰匙丟開了。她不想再去提領。那滿溢的情感。但任誰都清楚知道，愛的不滅能量依舊若無其事地存在在這地球的某處。

所以，當你說出「我不愛你了」的時候，你真的不愛他了嗎？你以為你不再愛他了。你以為你不能再愛了。不能愛的原因並不是因為沒有愛了。「愛」與「不愛」老實說並不是在天秤的兩端的。類似並不是沒有了甜味就會變成鹹味的道理。有時是並存，偶爾是相互背叛的。

你有多不愛這個人，就代表你曾經多愛他；你決定多麼不愛這個人，就表示你對他還有多少的眷戀牽掛。「我不愛你

了」，這一句話是多大的諷刺。是戀人間最後、也最愚蠢的發明。

試想在有限的生命裡。你最不愛誰？

我一直很守時。除了愛情。

沉淪之夏，相同的空氣濕度下，

把自己擱在愛情被殺死的地方。

應該就是從那時候起，

每件事都開始以慢動作發生。

等待自己不再對愛情負責的那一天，

還是在等待一個從天堂捎信回來的藤井樹。

那個跑到腳都痠的落跑新娘，誰說不是一種最動態的等待。

那篇無誠勿試的徵婚啟事何時成立，

在於對過往情結義務性的朝聖何時終止。

具有自省性質的任性等待，說來不痛不癢。

只是我太專心在等你，

甚至忘了問我自己，還愛不愛你？

後來，索性毀了自己的時間地圖，

從事一件永不導致反應的實驗刺激：

信心水準為 0，抽樣範圍為那段愛情的無限延續。

我等你，

我等你找到一個可以不再讓我等你的好原因。

在我們這個不完美的人生裡，

多少也需要一些無謂的浪費。

恨著愛

愈來愈多人

用恨來愛

因為那比純粹的愛

外觀看起來　逼真　而且偉大

在眼前

無論是掃除異己或者是傷害自己

都比愛

來得高潮暢快

愈狹隘愈想觸碰

愈寂寞愈想快樂

恨

把愛

狠狠地墊高了

卻忘了終究要交換一次

靈魂更深邃陰險的墜落

英尺35000

從這裡，到那裡。

時差是你恨我的第一秒。

英尺35000。

稀薄是你給的。

耳鳴是你喊的。

在起飛的時候倒數降落。

在相愛的時候預言分離。

飛機上嚴禁使用任何電子用品與吸菸。

相愛時嚴禁使用任何真心真意與青春。

連飛機餐都有所選擇。

我愛你卻沒有。

10hrs 的情書

Hr3@Duty Free

我們都想要找尋負擔最輕鬆的。

像是稅賦、工作，或是愛情。

只要是廉價的，就引人大肆搜刮。

手中愈是沉甸甸的，卻愈是感覺空虛了。

Hr5@飛機餐

難吃的飛機餐

深奧的書

疼痛難當的耳鳴

以及

想起任何一句窩心的言語

都有助於　飛機上

平穩昏沉的睡眠

Hr6@昏沉過後

高空中的雲

是搖晃的原因

這些小水滴們對於搭飛機的人來說

就不那麼可愛的

畢竟圖畫明信片裡的雲朵

那麼柔柔綿綿的

接觸它

卻會雷聲大作　晃動不止

誰叫我們　要去跟它們

搶　那一丁點

對抗地心引力的小樂趣

Hr8@入境大廳

總有一天

人類會不再喜愛搭飛機

畢竟在天空中移動

總有點不踏實的感覺

總有一天

陸地上的交通工具會快到幾小時之內就到達地球另外一邊吧

而圍繞著地球而搭建的陸橋

應該也會像蔓延不完的捷運路線一樣順勢而萌生吧

畢竟人是貪心的

曾經夢想著在天空中飛翔

至今夢想的　是如何再省略掉這段飛行的過程吧

Hr10@飯店

耳鳴的程度與眷戀相當。

但耳鳴卻無法用遺忘來相對報復。

只好持續被提醒著。

一直到再也聽不見外界其他的什麼了。

出境、入境是如此繁複的手續，

就像是費盡心思進入，然後卻必須迅速退出另一個人的世界，

如此的不耐且無奈。

真正的「離開」是不可能行禮如儀的啊。

幸福轉機

你選擇轉機也可以

你選擇直飛也可以

總之永遠會有一條或近或遠的路線在等著你

下一秒你可以去熱帶

隔一天你可以去北極

或只是在機場停留個幾小時　大血拼　或散散心

先到達目的地的人不見得比較幸運

有時候就是要經過一定的轉運

用稍微多的時間

換一個更多歷練的自己

反而節省更多生命裡不必要的繁複枝節

就算沒有到達目的地呢

也絕非失敗

也許流連忘返　愛上流浪

也許選擇永不停息的飛行

只要在安全降落的時候

能夠有個可以靜靜棲息的窩

能夠有人聽自己的呼吸

也許更慶幸　毅然決然地選擇了轉機

總之人生數十載

手續都已經辦了　起飛了

直飛與轉機的快樂各有不同

要花多久的旅程　經歷多少個城市才能理解

多麼感激地球是圓的

無論任何一點

都是盡頭　但也可以是起點

台北跟北京究竟有什麼不一樣

台北跟北京究竟有什麼不一樣，

別說北京，或某一個陌生的城市，

其實並沒有什麼不一樣。

用鑰匙打開家門，家裡只要桌子椅子和一張床。

天冷的時候飲料不必放冰箱。

電視機裡的明星雖然陌生但有一天會習慣。

或許剛好轉到 V 頻道遇見王菲或是張惠妹。

開會就跟人約在王府井的星巴克。

就跟在紐約紐約沒什麼兩樣。

不必換一種輸入法網友也看得懂。

搭公車的擁擠喧譁舉世皆然。

不能從人來人往中逃脫在哪裡都一樣。

鄰居的狗吠跟台北相同，沒有隨之字正腔圓的。

打的回家時，電台總是在叨唸什麼。

速度比警廣快一點，但我想我可以假裝沒有發覺。

寫字依然用同一隻手，出門仍然靠右邊走。

心房，依舊是空蕩蕩的。

　心痛，永遠是同文同種。

只要不開窗，不會發現天空總是灰濛濛的。

只要不離家，也不必去深思街道是否驚人的寬闊。

只要不打電話，不會發現這裡並沒有台灣大哥大。

只要不堅持吃從前巷口的燒餅油條。

就不會想起每個清晨我醒來這個城市裡還有你的味道。

好想毀了全台北所有的義大利麵館

想毀了全台北所有的義大利麵館。

不管是指南雜誌上的、朋友介紹的、網路上流傳的，
或者是在馬路上無意間發現的，
只要有賣義大利麵的餐廳，我都近似瘋狂地找遍了。
這麼大的城市竟然就是沒有你的那一種。

你總是在我起床的時候就準備好一盤義大利麵，
如果前一晚我們有爭執，橄欖油就會加得多一點。
如果前一天我哭過了，你會多點茴香。
如果我熬夜晚睡了，你盤裡的 pasta sauce 絕不會虧待我。
我不知道你是怎麼調配那些醬料，
至少在分手以來我還沒有找到一樣的。

最後我到書店買回來了所有的義大利麵食譜。不眠不休地研究。
七種常用的香料、二十九種基本調配用的醬汁與素材，
但無論怎樣排列組合我就是做不出，你給我吃的那一種。
香味就是不同，口感就是不同，隱約還缺少什麼我說不出來，
是你指尖的味道嗎？還是你呼吸的氣息？
我學會了世界上每一種義大利麵的煮法，
卻唯獨沒有你煮給我吃的那一種。

垃圾

習慣性順手扔掉　任何

我們不想要的東西

好像這些東西都會自然而然消失掉

埋在時間的土壤裡　就會慢慢分解了

可惜這世界

並沒有所謂　自動自發　這樣的機制

一股腦兒地丟棄　終究

垃圾桶滿了　還是該倒

馬桶塞住了　還是得清理

你曾經丟過的拋棄過的每一樣東西

都變質變臭　其實一直就藏在你周圍的某個角落

成為記憶的遺體　逼迫你追悼

那些睡在下水道的菸蒂們

還躺在你每天經過的馬路底下

從來沒有流走　從來沒有消失

這個地球並沒有消化它們的念頭

我們的生命比塑膠袋都還要脆弱許多

而它們還是維持原來的樣子

你最厭惡它們時　的那個樣子

他為你改變很多你卻依然不滿足

解釋的語言堆積得再高仍然遇不見天空

你學會他喜歡的歌　你烹飪他愛吃的菜

你無時無刻索討一個吻

但是你卻從來不去了解　他想要的人生

預設是短暫旅程的感情交會　行李必定準備得不夠充分

無法換洗的衣物穿在身上是極度難受的

我們把問題擱置　把解答拼湊

但馬桶塞得嚴重的時候　還是得一根毛髮一根毛髮地去拆卸

並已沾滿了許多穢物

這世界上　沒有自動自發這件事的

只有人心會死　你製造的垃圾跟問題不會

這年代的人的愛情　是沒有環保意識的

心碎的泡泡糖球

朋友笑稱自己戀愛次數太多，

都快要集滿十二星座了。

我則是糗他下次選擇戀愛的對象，

可沒法子再拿星座當擇偶條件了。

可是你曾發現嗎？

我們往往還是遇見最不該愛上的星座。

愈想逃避怎樣的對象，

我們似乎愈容易與他們相遇、相識。

甚至相戀。

黑箱裡十二個圓球機率均等的。

統計學原理在愛情上真的不適用了嗎？

就像夜市裡打彈珠的遊戲。

不管怎麼努力，球總是落在中間那幾道。

無法完全集中、也無法完全分散，

不偏不倚，結果永遠只能換來一粒泡泡糖球。

遊戲裡關於科學的原理我真的不懂，

但是情感上遇見致命對象如此高的或然率，

換來的究竟是習慣成自然、久病成良醫，

或者其實，

我們潛意識裡早自虐地偷偷在選擇，

選擇下一個對象，

賜予我們一粒又一粒，

心碎的泡泡糖球？

乞丐的離婚

謝謝你　在我一無所有的時候

離開我

我才不會

那麼　痛

求救訊號 （2020）

我自以為聽見了你的求救訊號

幾次見義勇為的愚蠢

是在衰老之際強行表演的血氣方剛

而你總是冷冷地看著

偶爾輕笑

當然我也沒幫上什麼忙

也可能你早就忘了

我倒是得意洋洋

落著淚宣揚自己愛的豐功偉業

這樣說起來

自始至終

倒像是我在向你求救了

求一個眼神

救一個當下

即便沒有未來

幼稚如我

也是嚐得津津有味的

我們哪裡都不要去　　(2020)

我們哪裡都不要去

以免留下太多回憶

不要被感動

不要想付出

讓世界保留在相識時的模樣

等到未來真的來了摧毀也有限

點不著菸的街邊

每一陣風其實都很像

如果經過一個街角

就必須要死去一次的話

那能讓我死而復生的

也肯定不是別人了

每個人的一生

總有那麼幾封

來不及交付寄出的信

只要哪裡都別去

才能瀟灑地流浪

聽說？你身邊有新面孔

聽說？你不再寂寞

聽說？你提起我

我過得不錯　忙碌中還有感動

嘗試愛過幾個人　面對愛也誠實許多

只能被聽說　安排著

關於你我的　對的或錯的

兩個人　曾經相似的　卻以為都變了

只能靠聽說　各自愛著

不需要證明　當時決定　是錯的

想著聯絡　不如心底遠遠問候

最美麗　莫過於聽說你　還回憶

其實我也感激　當我聽說　你還相信愛情

聽說？我巷口你常經過

聽說？你問候我

聽說？你厭倦寂寞

聽說？我身邊有新面孔

聽說？你祝福了我……

說話

你說我願意聽。

傾聽是一種最好的治療。

而我也從一個沉默的病人進化到。

想要說話。

知道怎麼表達。

可是我沒有對象。

我眼前只有一朵花。一隻狗。一池水。和一個太陽。

你說。我願意聽。

花跟我這麼說。

於是在某個清晨我吐露了我的失意。

花哭了。

傍晚的時候。

我抱著疲倦的身軀去找她。

而她似不能承受地枯萎了。

美麗毫髮無存。

彷彿不曾來過這世上。

你說。我願意聽。

在一旁憐憫的狗對我這麼說。

於是我也對狗說了我的祕密。

狗似乎能分享我的難過。

對我微微一笑。

但牠也只能微微一笑。

你能保存我的祕密多久呢。

狗的壽命怎麼會比人長呢。

我不知道狗兒啊你什麼時候會消失。

然後有一池水。和一個太陽。

呵呵笑了起來。

你說。我願意聽。

這樣告訴我。

我紅紅的眼眶已經逼近絕望。

你們真的能懂我嗎。

我不能再傷心一次了。

我無力負擔再一次的墜落。

水說你放心吧。

告訴我你的故事。

太陽出來的時候我將會蒸發。

我消失的瞬間我也將你的悲傷一併帶走。

於是我像找到了家。

沉淪找到了浮木。

沉默遇見了音樂。

我在水的身邊滔滔不絕。

當我再醒來。

水果真消失了。

只見太陽給我會心的溫暖。

我穿上剛晾乾的衣裳。

才過正午。卻下雨了。

獨居生活

晚上九點半左右他通常會出現在東區一家小小的健身房。

他習慣先在跑步機上快跑五千公尺,跑得滿身大汗。等到運動的人群開始疏落,他會去騎腳踏車,然後讀一本他喜歡的英文書。基本上喜歡、不喜歡對他來說也不是那麼形而外的事情,那只是心裡當下一種霸道的決定罷了,從來就不是那麼堅決,但他並不想承認這一點。

他並不常笑。任何的表情對他來說都只是一個外在的表徵,是為了呈現給別人看而存在的,就像我們會因為一個人的身高、模樣,甚至一對恍惚的雙眼而迷戀上某人,他認為臉上任何的細微動作都會混淆一個人內心的真實存在,或者是影響別人對他的觀感。他並不希望別人對他有所觀感,他最想學會的魔法就是自由自在的隱身術。最好連自己都不要看到自己,他並不想變成希臘神話裡,那個在水裡看見自己倒影的人。並非擔心愛上自己,而是不想去面對「自己的確存在於這個世界上」時太過逼真的心慌。

他滿身大汗。像瀑布沖激著巖。他並不跟著健身房裡的熱門搖頭樂律動,也從不在意偶爾別人落在他身上的目光。如果生命是一條條平行的線,那麼交會的時候永生的錯誤也焉

然伸展。所以他不常說話。其實從他生命的開始他就不太說話，言語對他來說是多餘的，他來這世界的任務也絕非藉由溝通認識這般人間。於是他的某些動作舉止、呼吸嘆息，都還帶有一點稚氣的初囓，但沒有人會將其誤解為自私自利，或者孤傲之流。他只是一個奔馳在單行道上的少年。

十點半的時候他會結束所有的運動。然後與等在門口的女友會面。他們習慣一言不發地走到對面的人行道，然後騎車回家。兩個人習慣隔著幾十公分的距離，其間卻繫著一種奇怪的默契。像倦了的建築物與夜色融為一體，或者像秋天的落葉覆蓋成了大地。夜晚的風微涼，吹在這對戀人的頭髮上。

他們住在一起。回到住處的時候他會先洗個澡，洗去在健身房裡的汗水與自傲。然後他們做愛，溫柔地做愛，那像個密碼般地不知何時起就注入了男孩般的基因。總在再次開燈的時候男孩會閃過某些念頭。那是極少數他的靈魂裡，容身得下另一個人。但終究只是短暫的瞬間。他們睡在同一張床上，喝同一杯水，用同一個電子信箱。男孩很愛女孩。但男孩心裡也很清楚，他依舊無以名狀地鎖住了自己屬於天堂的部分，像中學時期背誦過的某個化學公式，在記憶最荒涼的某處。

每天晚上九點半左右他通常會出現在東區一家小小的健身房。

女人自撕

Fe male

比男人多了鐵的成分

所以必須一直排放血液

女人在浴室中撕開衛生棉的包裝

（浴室水龍頭水滴在滴）

身體中　又將有什麼要失去

直到失去到不能再失去了

也不再年輕了

女人撕開泡麵的包裝

（廚房熱水壺冒著水蒸氣）

補充營養卻又不能讓自己胖

就好像死心塌地也絕不能說出「愛你」

這年頭　大家都愛怕了

女人撕開貓罐頭

（貓輕聲　走過客廳）

和貓和平共存　相依為命

在靜默的客廳裡等待

被豢養著的以及豢養者　互相依賴

她忘記了是在寵愛與被寵愛的交互作用下

女人撕開菸盒

（女人站在夜的陽台）

點菸　吐菸圈

似乎要有一點大點的舉動　告訴自己　不要害怕

就算嚇到自己了

女人撕開面紙

（女人拭淚）

撕不掉回憶　只好流淚

流淚有什麼用呢

難道要玩撕撕照片這種玩意嗎

生命中不斷地撕

不斷地流淚　多希望自己可以更自私一點

TEAR TEAR

他

他常常走在東區

他總是穿著樸素的 T 恤

他喜歡星巴克

（但他偶爾也會　為了喜歡的人　去其他的咖啡廳）

他有一台黑色的筆記型電腦

他喜歡把衣服燙平了穿（他喜歡那種平順的感覺）

他常常吃飽了就睏（十五分鐘以內）

他總是被別人認為難搞　但心意其實很好猜

他有時候喜歡一個人走在路上

（勝過兩個人　三個人　一群人）

他總是在捷運車廂最後一節（或第一節）

他走路的時候就會聽著他的 iPod

（裡面有很多音樂　讓人陶醉）

他所以常常被朋友抱怨　電話都忘了接

他在人群裡　不知道為什麼　總是明亮得很顯眼

他兩個禮拜就理一次頭髮　討厭自己的雜亂無章

他珍惜自己的行李箱（旅程裡對它總是疼愛有加）

他對朋友總是很大方

他煩惱的事　卻從來不對別人講

他的晚餐　總是去習慣的那幾家

（點一樣的菜　而且一定要有湯）

他有還不錯的食量（也有還不錯的酒量）

他有時候很成熟　有時候又像還沒長大（很矛盾吧）

他的世界　很寬廣（很怕飛翔　卻又很想飛翔）

我希望他永遠這樣

一輩子的孤單

　　每個人的心裡。

都有那麼一個人。

　　每個人的孤單。

也都因為心裡面。

藏著那樣一個人。

　　　　孤單，

究竟是因為一個人，

還是因為心裡有人？

週刊

你讀著某一本週刊

出神了

我則是習慣每一本隨手翻翻

喜歡的就買

只是雜誌讓人猶豫

看完了總是沒有保留下來的價值

那不像書

是一個完整的身體

雜誌

總像是某段時間的切片

誰要收集這樣不完整的切片呢

AM2:30

外面在下雨

我看著你看書的神情

別被發現

趕緊別過頭去

燈光太適宜閱讀了

以及欣賞你的專注

甚至完全　沒注意

陌生人拿走我眼前的那一本雜誌

是怎麼靠近　怎麼離開的

你是我的週刊

我忠實訂閱

每個出刊日

我都非常期待

你教我開始想念

你教我懂得收集

我忽然發現　拼湊的樂趣

像是把花瓶打碎

再重新填回來的難題

你要我　在支離破碎的自己裡

看見完整的　我　或者你

而　這個書店不休息

有多少人

翻了翻　就走了

而我對你

卻是心疼不已

One Day Lover

公司同事最近為了戶外運動特地去配戴隱形眼鏡，他苦笑說剛開始每天都大概要花一個鐘頭才能戴上去，甚至連上班時間都耽誤到了⋯⋯我忽然想起我開始戴隱形眼鏡的第一天，想盡辦法溫柔地試圖把脆弱的鏡片強行塞到我的眼球上，要在敏感的眼睛上放一片塑膠，是何等令人體不悅的侵入？從小粗枝大葉的我就做不來細活兒，不意外花了一個多小時還練習不到兩次，隱形眼鏡便被我硬生生地掐碎了。第二天早上去買了一副新的，馬上請同事指導，就在辦公室裡一次又一次地戴上、脫下，忽然感覺自己很赤裸，在看得見與看不見的分際裡，我被兩片薄如蟬翼的鏡片操弄著。忘了大概也度過多久，每天都得花數十分鐘與隱形眼鏡鏖戰的日子。後來不知道是手巧了，或者是眼球與鏡片願意相互適應了，甚至還以為眼睛莫名其妙就能夠睜得大了，大到可以輕易地把眼鏡丟進眼眶裡。總之戴眼鏡這件事所帶來的自卑與挫折，不知不覺地因習慣而消失了。往後的日子裡，戴眼鏡對我來說就是輕而易舉的事，往往不用花到十秒，在浴室，在客廳，我甚至在公車上、捷運裡戴過隱形眼鏡，在吃飯時、在游泳池裡也戴過隱形眼鏡，這樣說來不衛生的，但我總是無時無刻，希望自己看得清楚⋯⋯

後來隱形眼鏡花俏了，有色的不談，保濕的、長效的，還有

讓你眼球發光澤對比雪亮的，可惜眼睛黑白已然分明的我戴上去，誇張地就像是個情趣用品店裡的充氣假人，自己極不習慣的同時，周圍的人卻沒有人發覺，你此時此刻，應該更炯炯有神了，對自己的自信也沒多大助益，不久我又換回我原本的鏡片，只求看見，就心滿意足了。

每天醒來，就是撕開隱形眼鏡小包裝，開始建立我們一天親暱的戀情，這一日份的愛讓我看清世界上任意的人情事理，讓我敏銳地嗅到這城市的時代色溫，當一日散盡，提著疲倦的身軀，睡前，總還是要分手的。我輕易撕下這份戀情留在我身上的軀殼，已是空虛失焦的了。再侵入我的生命之後，成日黏膩的拉扯之後，終將油盡燈枯，而我卻因此清清楚楚地記得這一天，在摘下鏡片之後，又回到模模糊糊渾渾噩噩的暗夜。感覺孤寂。戴隱形眼鏡的人大概都會慢慢學會拋棄，毫不留情的、毫不在意的，摘下已經疲倦的，在某種層次看來，戴隱形眼鏡的人的確輪廓或是實際的生活動作都會比戴眼鏡的人來得輕盈許多吧，其實就情感上來說，又何嘗不會更瀟灑一些。當然我們不要跟那些沒有近視的怪異的人種比較啊。

影像電話

那對結婚七、八年的夫妻離婚的原因是因為一支3G手機。

電視廣告推薦的3G專案十分誘人，時尚前衛的科技潮流，尤其是影像電話的功能，讓做妻子的好不心動。「親愛的，這樣我可以隨時隨地看到你耶！不管你去哪裡出差，想我的時候你都可以看到我，我想你的時候也是。」丈夫苦笑，他覺得這真是一個電信科技的爛發明。雖然從未拈花惹草，但也希望保有一些自我的空間。這就像是要把自己的私房錢全部公開交付信託似的，男人所需要的「自由」其實並不見得是飛往多高多遠的地方，而是一個足以呼吸倘佯的空間，這樣而已。「你在哪裡？是在跟同事開會嗎？那你拍一下同事，叫他們跟我問好。你在辦公室嗎？拍一下周圍環境給我看一下。你在跟誰唱KTV？照一下他們。你在唱什麼歌？哪一間店？你跟誰出去。你不是陪你媽逛街嗎？」男人光是想到以後的對話內容，就不寒而慄。

幾次爭執實在沒有立足點。畢竟影像電話是現在的科技趨勢，男人眼見騎虎難下，若是堅持不辦，彷彿又有種「此地無銀三百兩」不值得信任的罪名，又帶點網路時代中固執地提筆寫信寄信那類過時的迂腐。千拖萬拖，總算是拖到促銷專案的最後一天，迫不得已辦了兩支百萬像素3G手機，丈

夫心想，花了錢，出賣自由，妻子雀躍不已，在通訊行就開始把玩試驗起來這全心守護愛情的寶貝。

故事才開始。那些先前擔心的對話內容一一出現，丈夫沒有選擇不打開攝影機的權利，連幾次畫面不穩斷訊，妻子也能開始疑神疑鬼，甚至連手機壞了，做丈夫的都被懷疑是惡意毀壞。3G科技無遠弗屆，卻沒有真正成為守護愛情、跨越想念的寶貝，丈夫愈來愈討厭打開手機，妻子愈來愈依賴手機裡的影像，當作故事編纂的橋段。見了面是冷戰、是無語，在手機裡卻是選擇永無止盡無理地爭吵。最後戰火一發不可收拾，兩人在影像電話中協議離婚。

最後誰也見不到誰，誰也不想再見到誰。手機上的攝影機不再打開，連簡訊都沒有必要再傳。最時髦先進的科技產品，成為夫妻愛情死亡前最後的紀念品。

張愛玲的電子報

如果張愛玲在這個時代。

如果她沒有同胡蘭成談那場戀愛。

那幽幽的她。會不會變成,

只是在網路世界某個角落裡寄發電子報的隱形作者。

沒有人知道她是誰。搭哪一班捷運。去哪裡。

沒有人知道她住哪裡。只輾轉探聽得到她最常用的E-mail。

沒有人能再打擾。她的寧靜。卻也再沒有人發現。她的熱情。

她甚至不用與蘇青見面交稿。更不會答應去營救胡蘭成。

頂多。在官方網頁留言板。親筆一句。柔弱地嘆息。

而讀者仍癡癡盼望著電子信箱裡不定時的驚喜。

只是沒有了她冷冽文筆中溫熱的字跡。

惘惘地。惘惘地。惘惘地。

點選。複製。貼上。

張愛玲慣愛的三個字。又不小心又多出現幾次。

誰會知道。她的孤絕不是因為當機。

在這個不會犯錯的時代。張愛玲妳要勇敢一點。

妳才用了photoshop修過了妳鍾愛母親的照片。

妳才剛裝好了ADSL。把出版社寄給妳的書封圖稿給退了。

妳才用webcam打發了幾場報章無味的訪問。刪掉幾封刻意

打擾的廣告信件。

在這個不會犯錯的時代。張愛玲妳要懂得吶喊。

張愛玲。我等著妳的下一封電子報。

但我更衷心等著。妳終於愛到一個對的人。

孤單

世界上　所有孤單的人

如果團結起來

那些孤單

到底會消失還是會加倍

愛情

像存款裡的錢一樣

少得可憐

孤單

和欲望

卻像貸款一樣

不停地

自動生息

對忘憂草的疑問

我開始不相信這東西了

即便能

忘了憂

憂 它還存在著

存在著 我怎能獨自快樂

它依然默默滋長著

某一天

又回到我身邊

我總是又需要忘憂草

譜上劃記 又一次的反覆記號

其實憂傷 跟忘憂草 勾結串通好的

憂傷讓我學會 迴避與自欺

忘憂草讓我學會 沉迷與依賴

原來劇毒與解藥之間的

惡性循環

是

聯合起來折磨我的

一個完美遊戲

燒掉 （2020）

失望是可以燒掉的

恩怨是可以燒掉的

祕密是可以燒掉的

而且死去的人不會被燙到

抱著遺憾的人也不會

後半生不過就在等待一把火

耗到生命之火將盡

用另一把火

燒出一聲離場後便忘懷的嘆息

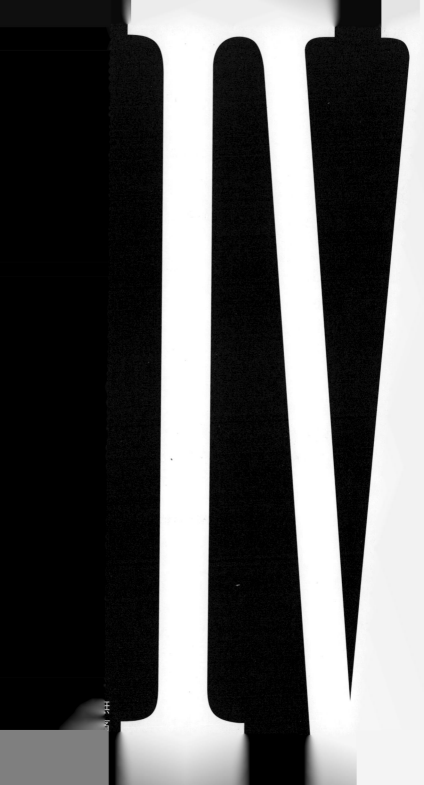

年輕

看上三款 T 恤

我請店員　幫我三選二

他說，「第一件跟最後一件」

我說，第二件不好嗎？

他說，「那件太年輕了」

嗯，

我已經開始接受自己開始不年輕了

我知道在不久之後

去買衣服

詢問店員的意見

他們會回答我，

「穿這一件吧，這件看起來比較年輕。」

臭豆腐

只是在路邊吃了一盤臭豆腐充饑

沒有想到臭豆腐的味道沾在衣服上

怎麼樣也揮不去

後來進了別的場合

總是聞得到自己身上　臭豆腐的味道

但我不過只是在路邊待了幾分鐘

油煙味竟滲得那麼徹底

其實我也只是好奇臭豆腐的陰沉

外在與內心的差距

基於某種好奇心理而莫名深陷

明知道那名為臭　究竟也不那麼真實

但就是沉迷在　看似意有所指的溫柔裡

無意回想的時候　卻時時被身上薰滿的油煙味提醒

賊

偷東西是一種樂趣

不是經由購買或是贈與的占有

「偷偷的占有」

當賊的快樂

建立在某種刺激感與速度感

以及　不能為人發現的　竊喜姿態

其實皮夾裡是有錢的

但是有順手牽羊的潛在欲望

也並非選擇最值錢的東西

只是此刻　我們想要占有某些東西　的意念

或者是更單純一點　我們只是不希望別人也擁有

藉由搶奪　盜取

我們把別人的東西變成自己的

像在網站上標到心儀的二手貨

我們立即自動忘記　前一個主人的模樣

連野生動物都懂得偷竊的道理

我一直相信

當一個稱職的小偷

也是人的本能之一

於是

女學生K在便利商店偷了一包王子麵

同學F的爸爸偷了三百萬的公務金

鄰居V的婚姻　偷走她的青春十五年

名模M偷情P的男友

朋友J偷走我長年的信任

路人U偷走我的視線　也創造我短暫的想念

網友H習慣性　不小心偷別人身體時　也偷走了他的心

電視台偷去　觀眾的話題與認知

政治人物偷去　人民的夢想和希望

文藝片偷去　戀愛本質的現實嚴苛

偶像歌星　偷去　迷姊迷妹們夢裡的　第一次

藉由偷竊我們順利交換　任何我們不希望對方擁有的東西

竊取得手之後　也沒有珍惜的必要

終究放任另一個人　再盜走的過程

如此　循環

做賊的喊捉賊

歡樂一家親

彼此交換失去與霸占的心得

好不快樂

若世界大同　天下無賊

人生缺少了點　狠勁

沒什麼樂趣

在手上的就更容易膩了

沒有鮮活的對比

愛情　金錢　靈魂　情誼

大概會乏味到　更加早夭

身分證

汰換的舊式身分證

能不能也同時丟棄我舊的身分舊的名字舊的個性

與　舊的記憶

我們大排長龍

只為等待一張新的身分證明

卻沒有新的人生新的觀點新的語氣

去面對這個　不一會兒就看膩了的世界

重新護貝的紙卡

畢竟不是隱形斗篷

或多高明的易容術

只是再包覆一次　生而為人的無助　與孤單

我們　還是我們

一樣骯髒與不俐落的過往

依然再一次被封鎖進這個真空的膠膜裡

規定　裡面要是　最近的我們

不能用小時候的照片或是小狗什麼的

於是　依然沒有空氣可以自由呼吸

而我們排隊等待著

這樣的社會這樣的人生　微笑地　迅速　取件　收件

設定期限　與標準

輕輕　賜予我們窒息

無法側身　隱藏　任何一點點我想要壓抑的

必須就這麼掙著臉　讓你看盡

而身後是一片慘白

沒有背景沒有依靠

就這麼孤單單地

而我們在人龍中

沒有人體會我的恐懼與絕望

沒有人感受到重獲新生

我們都是自由行動的終身囚犯

簽名常常會變

總是擔心刷卡的時候櫃檯小姐把我抓起來

說筆跡怎麼不一樣了

我常常覺得簽名會因為時間　會因為心情　甚至是筆的手感

或壓縮　或奔放

有時候明明簽的是自己最熟悉的三個字

竟有一種陌生之感

真不自然

這時候的我是誰

寫下的真的代表了自己嗎

小時候的字跡我是真的認不出來了

我與自己究竟背離了多遠呢

我所為何來　又從何而去

若我擁有一個出現的時間

也應該有一個消失的時機

一直認為謝幕是件多此一舉的事

命定了　就定了

我不會回頭

簽名應該就像指紋一樣　在這世界上不會重複

我也不會讓人擁有　和我一樣的故事

電話簿

電話簿換了一本又一本

是因為寫不下了　必須擴充

或者是根本很多人都不會再聯繫了

也不需要時時刻刻攜帶著他們的名字行走

謄寫著新的電話簿的感覺

就像是想知道自己的一生

究竟累積了多少愛恨情仇

寫到熟絡的朋友電話的時候總是倒背如流

碰到幾個陌生的名字總是歪著頭想了好久

有些人你選擇刪除

有些人你決定把他們挪到最容易看到的位置

有些人你猶豫了好久該不該繼續留著呢？

抄寫電話簿是一件辛苦的事

從過去抄寫老師同學

到後來抄寫同事朋友

現在卻倒是　餐廳　醫院　或是工作場所來得多了

真正的朋友　多只剩下熟悉親密的

早都記在手機裡了

朋友問　怎麼不把所有的電話都輸進手機裡呢

我總是希望手機一拿起來

通訊錄裡　全都是我信賴熟悉的人

那些陌生的　或許　疏於聯繫的

就手抄起來　也當個紀錄

在茫茫人海中

或許聯絡方式早已改變　或許際遇早已大不相同

雖然看似敷衍匆促　還算是對自己短暫的人生有一點交代

食腐動物

在生物的食物鏈裡，往往有一類食腐動物。活在食物鏈的底層，不事狩獵，卻也喜歡湊在那些掠食者的身邊，等待一場殺戮之後，撿拾飽餐後殘餘的屍身。掠食者通常不把牠們看在眼裡，這些食腐動物卻常對其他動物擺出驕傲的姿態。彷彿能跟那些兇猛惡獸生存在同一塊區域裡是最了不得的社交技巧。食腐動物不怕臭味，食腐動物喜歡熱鬧。食腐動物喜歡黑夜，食腐動物有去不完的交際場合。電視上播放著那些生態系裡底層的食腐動物們畏畏縮縮地從這處跑到另處，只因聞到屍血的味道。也可能是因為聽到什麼八卦，蜂擁而至。牠們每天擔心會被獅子老虎吃掉，但那些大貓們根本沒理會過牠們。又不知道哪裡聽來的傳言，以為屍體吃久了，會生出翅膀可以飛起來，變成蝴蝶，變成時尚的一派。此時牠們正在MSN上討論下一個即將熱鬧沸騰的流言蜚語，還有明天那個沒有人會注意牠們的那場party的穿著。

我們都是貪食蛇

左轉，右轉，

只為了吞食一個如句點大小的堅持。

始終無法停住。

任胡思亂想流竄，

在每一個細胞之間，

在牆壁與生存之間貪圖一點僥倖，

命運總在差之毫釐的幸運中逃避遺憾。

我們無法選擇我們，

於是想要變成令人厭惡的他們。

那些方向一致、無趣的其他人。

那是生存的規則，是進入遊戲之前管理員的警告。

我們因為地球挑戰而必須挑戰，

我們因為餓了才想獵食，

再主動的人在造物主面前也不過是比較不被動的人而已吧。

及時右轉。又逃過一劫。

車陣裡最投機的那一輛。

我們以為自己能自由奔馳，

卻不過是血管裡的一個孱弱的球體。

我們總是習慣被命運選擇，

從不為了什麼興奮，或感到挫折。

從不知道故事如何結束、何時結束，

逕自一個句點、一個句點地吃下去。

我坐在往新店的捷運車廂裡，

燈光已經有點昏黃，

注視著那個不到三十平方公分螢幕裡的那條小蛇，

眼睛有點疲累。

有人索性癱在椅子上，睡了起來，

有人怔怔地數算著站名，這是末班捷運的景象。

車廂也像一條小蛇般地在地底的都會神經裡流竄，

左轉、右轉，吞食每一站零星的人們，

帶到某一個適合結束的關節。

快速向後流散的空氣裡，我無意識地尾隨速度奔馳，

我手中的小蛇也黏膩地跟著我的思緒四處移轉。

總是冷不防一失神就犧牲掉誰細微的想念，

總是稍微不專注就滑掉了眼前的幸福。

我如此，地球人亦然。

搶插座大戰

咖啡廳裡

日日搬演　爭奪電插座的戰爭

請不要在電插座附近聊天

請不要在電插座旁邊打瞌睡

請不要在有電插座的位置談情說愛

別說妳沒看到

我們隨身攜帶著

虎視眈眈

耗電量奇大的靈魂

別說妳不知道

我們隨時都筆記著怨懟

隨時都報導著不悅

我們可是文明社會裡的高級人種

只是買到低級電腦的劣級電池

而故事必須繼續

沒有鍵盤我就會忘了如何碰觸

沒有滑鼠我就會忘了如何掌握

沒有電腦我就會忘了如何負載

甚至忘了怎麼擁抱

讓我先查詢一下吧

Above all

我得先找到電插座

延續我的永生

搜尋我的真愛

決鬥吧。

熱水器

一直到天氣冷到不行了才叫人來修熱水器。不想承認它其實壞了的,也不想接受獨居生活裡除了定期睡到信箱裡的帳單,總不定期有些不想見到的驚喜⋯⋯像是家具壞掉,或是牆壁龜裂等等的。

而這些都要解決。

突然就沒有熱水了。或者是有時候很憐憫地給我個間歇性幾秒的溫暖,然後瞬間凍結我愉悅的神經,倒不是多害怕洗冷水澡,只是覺得何苦享受這樣的恩賜。總以為不是熱水器的問題,只是運氣。只是瓦斯進得慢了,或者是剛好別人家也在用水,所以我的水量小、熱水弱。然後就自以為是地開始整理出洗得到熱水澡的各種機會點。時間:好像晚上比較容易洗得到;水量:好像把水龍頭開到某個角度就有可能出現熱水。嗯,先開洗手檯的熱水比較容易可以淋浴到熱水,還有還有,如果先抹肥皂的話就洗不到⋯⋯

我就是不想承認熱水器可能根本就壞了。

全新的電池都換了幾個、瓦斯費都繳了,就是不想打熱水器上的維修電話。直到那天天氣真的冷了,冷到心臟快要停

了，無論用各種方式、角度，甚至對著水龍頭心戰喊話，都逼不出水龍頭供給我最需要的暖流，不得已才請了修熱水器的師傅來家裡，才發現熱水器根本壞了，根本點燃不起來了。花了幾百塊，總算讓它復活了。我才發現這麼簡單、用錢可以打發的事情，我卻已經兀自發展成一套完整且雄偉的危機處理體系，而且重點是毫無用處。

我才必須承認很多東西我們總是不懂得找到正確的方式修理。某個朋友失戀了，哭著說要去找某個算命仙幫她挽回。不知道為什麼我忽然想起家裡的熱水器。

洗澡

洗完澡走出浴室的時候發現自己背後還有一大塊肥皂泡沫，

不知道怎麼會沒有發現，

直到要用浴巾擦乾身體的時候才發現的。

這倒不是第一次了，

洗的時候渾然無覺，

以為自己全身上下都用水沖得俐落落了。

身上好像總有那麼一塊難以關注到的地帶。

手搆不著、眼看不到。

肥皂泡沫像愛情殘留下的痕跡。

靜悄悄地停在身體上，

濕黏黏地卻滑也滑不走。

其實並不是沒有認真去洗它，

也與身體其他部位一視同仁地抹了肥皂泡了，

只是怎麼沖洗，

總是很難洗到那一塊。

而且感覺不到。

不想

你不想看

為什麼要看

你不想懂

為什麼要懂

你不想愛

為什麼要愛

你不想離開

為什麼要離開

無痛

無痛分娩

無痛胃鏡

無痛洗牙

無痛除毛

無痛刺青

人類的文明科技真的愈來愈先進

怕痛的我們　得以藉由各種方法麻醉自己的痛覺神經

逃避這等恐懼

但還是沒有任何人能發明　無痛分手

沒有人知道　如何享受清洗傷口的治療過程

如何消毒包紮　可能已經作廢　卻賴以維生的記憶

刮骨療傷

把血肉切開

必須要刮骨

方能療傷

我勇敢地聽見華佗用刀刮骨的聲音

他削去我身體上的一部分

然後又縫合

我會漸漸痊癒吧

但　是不是少了些什麼

我不知道

只是

我腦袋裡

多出一個抽屜

來儲藏

刮骨療傷時的聲音

歷歷在耳

那是一個與宰殺相似的動作

回憶與時間的交相刻畫

在痛之極中

我卻是不知不覺被醫治好

但總是要經過一個被殺死的過程

每個人

當飾演過一次關雲長

畫素

我們需要多少畫素　才能看仔細別人　看清楚自己

我們需要多少畫素　才會滿足　不再窺探別人　停止虧待自己？

丟底片

當拿到轉成光碟片的相片檔案之後

要不要丟底片　就變成我必須抉擇的問題

當然可以丟底片！之後也用不太到

何況轉成光碟了　隨時要沖洗出來　都很容易

只是　光碟片們　都長得那麼像

會不會沒整理好　我這些珍貴的照片檔案　也都以為是一堆

用不到的廢光碟片

都被我給扔了？！

但是底片又過時了

雖然放在櫃子裡　我永遠都知道「那是底片」

就像是「錄音帶」一樣

就算哪一天　這形式的東西必須在這個世界上　默默消失了

淘汰了

我還是認得　這是底片

這是可以洗出照片的東西

是不能取代的

我該不該丟底片呢

照相館的老闆笑著把光碟片拿給我的時候

整間房子都已經空了

一天之內

完成了最後一筆的　跟我的交易

壽終正寢

可以殘忍一點地來說

像這樣的小店　在商業社會下

實在沒有什麼必要的意義

像是柑仔店之於便利商店

早該淘汰了

在愛情裡我們也總是不斷地被愛人淘汰

或是淘汰自己認為不適合的人

該不該丟了

我們總有更好的取代方案

在疼痛過很久以後

但

底片

我還是不想丟

愛過的人

我依然想留著

用各種稱謂　各種形式　各種不願意面對的明天

29 mins

籠子

狗剛來的時候

是裝在一個小小的籠子裡的

那時候　牠才一個多月

這籠子　小到可以說　像個大盒子似的

牠並不是那麼抗拒在籠子裡

往往出門的時候　如果帶著牠

牠也是乖乖地　在籠子裡

靜靜地　等著主人把牠放出來

但是有時候牠做錯了什麼　惹了我生氣

我會把牠關到小籠子裡

牠竟然是懂得的

那不是因為我們即將同行　出發前的邀請

而是犯錯了　必須承受孤單了

牠會不住地哀嚎狂叫

牠不能忍受　被隔離在這個客廳之外

我想

牠開始學會了　什麼叫做　孤獨

後來牠總是離籠子遠遠的

靠近的時候　也總是想咬壞它

幾個月過去　牠慢慢長大了

個性也漸漸沉穩

我也再沒有把牠關進籠子過

這天早上　不知哪來的興致

把牠喚來小籠子前面

一打開門　還沒來得及叫牠進去

牠就很興奮地想鑽進去了

可是牠長大了　體型已非同日而語

根本就鑽不進去

牠還是很努力地

想進到　那一個小小小小的狗籠裡

我想是在牠習慣孤獨以後吧

開始發現　這一趟旅程　再沒有人能拎著牠

呵護無微不至的時候

牠開始得　學習著自己走

踏著每一個　獨行的步伐……

狗與人

把球藏起來

讓狗苦苦尋找

就算藏了再久

總之

不論幾次

只要狗一找到球

就馬上叼回主人的身邊

人就不一樣了

難能可貴　尋覓的東西

總是想比較自私地攬在懷裡

不輕易放手

也不隨便分享了

照顧

我快樂的時候

我照顧你

你照顧我

我不快樂的時候

你照顧不了我

我也照顧不了你

但你懂不懂得好好過下去

我還是得牽你去散步

我還是得幫你換水換飼料

但是我沒辦法笑

我不能開心地陪你遊戲

我不能扔球給你撿

就像我永遠無法跟你解釋清楚

為什麼下雨天不能帶你出門

你也永遠不會了解

這一天為什麼　我不快樂

在我懷中離去

那隻電視上的明星狗走了

牠們的一生總是比我們短

我們看著牠來臨　看著牠孤單　看著牠生育　看著牠死亡

我總是很怯懦的　不想去想這些　一定會發生的事情

就像是總是避而不談的　家人的離去

我總是在丟棄東西的時候　依依不捨　所以造成我的生活紊亂

我總是學不會　揮手說再見

我看著小時候牠剛到來的照片

在我懷裡蠢動

有一天如果我還繼續呼吸

我也將親手送走牠

牠從來都是沉默著的

我不知道牠的想法

莫名其妙的　倒是我在明

牠在暗了

若是我比牠先離去

牠又是否會悲傷

你在我懷裡的時間

我總是不會用你的語言

表達我對你的寵愛

在寵愛你的時候

我似乎也找到了某些鏈結

至少我能夠確定　我是被需要的　被想念的

有一天你將遠走

到遠方　繼續守護我們

而我們又要如何相認

你沒有淚水　你要怎麼記住我

而電視上那隻素未謀面的狗兒

你是否能感應到牠的靈魂

正在啟程　到另一個

或許我們都會去的地方

都是為了留下來　　(2020)

愈是在辯證所謂高我的存在

愈是鄙視亂世裡自己的肉身載體

聽說人的身體大概只要七年的時間

所有細胞就會重生替換一次

所以七年前的你跟現在的你還相同的

唯獨只剩下靈魂

與靈魂所捏塑出的某個

理想或不臻理想的形體吧

問過太多問題了於是麻木

也不再羨慕那些光怪陸離的青春

我喜歡你的有所保留

因為我也是這樣殘忍地對待自己

染上了你的瘟疫的我的抗體

甦醒了多久還渾然不覺只是安慰劑效應吧

珍珠或是碳酸鈣

揮毫的筆跡或只是墨水

你迅速進入又離開的生命軌跡

都是活著這堂課我的潦草筆記

討厭粉筆摩擦黑板的聲音以及板擦揚起的粉塵

討厭白板筆的氣味以及白板上猶如前科的印記

不過都是為了留下來

Ruler

尺。

只要斷了一角。

他不是蛀了能補的牙齒。

從此什麼線都畫不直。

不論筆跡走到哪裡。

總還帶著那缺口。

拖拖拉拉。

還以為遺忘了什麼。

真是不快樂的紀念品啊。

磁鐵的啓示

有時候

並不是特別想要擁有什麼或是收集什麼的心態

只是剛好手裡面握著什麼了

慢慢地

發現自己　開始　用缺少了什麼的角度　來看待之後

就變成了所謂收集行為的奴隸了

或許很多事情也擁有相似道理

有多少人是真的需要愛情而去談戀愛呢

或者只是因為生活中擁有的漸漸多了

卻無法克服巨量的寂寞

才服用了　愛

這種以訛傳訛的偏方

以為自己就完整了

但完整往往代表終結與空虛

只得賤價出售

一套又一套

激情過後　被人棄之敝屣

無磁力的　磁鐵

收集

我們對一件事情的熱衷和癡狂

都在活動截止之後　宣告死亡

我看著滿室的便利商店公仔與磁鐵

我找不出它們存在的價值

要丟棄也不是那麼困難

畢竟收集原來重點只在過程　而不在結果

就算終究是不完整的　也不會有人責怪

只是去印證統計學上的隨機問題

以及考驗自己的運氣與耐心吧

當同事又開始累積起新一季的贈品

我卻想把過往我所收集的都丟掉

總之

沒有什麼能夠是完整無缺的

再怎麼豐富　也不會有自己心裡的甘苦　那麼清楚

兒時收集的郵票　從沒翻閱過了

反正一定不會比別人多吧

倒不如　每一件東西　每一段愛情　每一個朋友

都能夠從中提煉出某一些紀念價值

似乎也能夠藉以撫慰

人生　在收集過程中　所不可避免的殘缺

所引發的某些遺憾與感傷吧

這樣想來

也鬆了一口氣

你不再　對不起我了

缺的那幾個公仔　磁鐵　郵票　等等的

都　當作雲遊四海　去了

來生

有來生嗎

我不相信

我們總是要每個離去的生命

在另個世界

過得更快樂

如果去那個世界　是解脫

那為何在這裡　離去的過程總要如此痛苦

總要造成遺憾　用眼淚潮濕了視線

才能成就離去之後　無盡的好

那些因災害病痛離去的人們呢

他們非得經歷這樣的劫難

才能換得往後　未來　你看不見也摸不著的安好嗎

我開始覺得

來生

只是一個　人類安慰自我的過程

離開的　死去的

是真真實實消失在這個地球上了

你不再出現

也不在這個世界了

而我們卻要編織謊言

說你好不好

說你變成誰

說你回來過

說你還想念我

真的有天堂嗎

真的有輪迴嗎

我只是不能理解

生命消失的時候

為何不是昇華　而有沉痛

而魚呢　狗呢　花呢　鄰居呢　路人呢

他們離開的時候

我們又何曾在意他們將前往哪裡

這時候我們又不太相信來世了

我們只相信一閃即逝的記憶

而我還是沒有勇氣

去寫實某個人的離去

那只是世界裡

微不足道的一個生命

就像我們在動物星球頻道裡看見生態系的殘酷

不管我們摯愛的熟悉的誰

離開了

進到了動物星球頻道

都只是上帝下令

歷史不得違抗的常規

有沒有來生

少不更事的我

的確不想同意

我所不能信服的

未知　但好像我們將要靠近的路

下一輩子 (2020)

理想的下一輩子

但願我不再那麼聰明

別再聰明到讓你喘不過氣

不再預知失敗

而裹足不前

完美的下一輩子

要大方地回頭欣賞自己的殘破

勇敢地讓眾人對我失望一次

或許出生在又一次的瘟疫蔓延之時

願那時的我憎恨等候

能夠痛快轉身

比誰都狠

那輪迴裡不再是隻偽裝的狼

下一輩子

我希望再也不要想起這一輩子

所有的事

我才膽敢

在微小的機率

與你重遇之時

再冒險實驗一次

因為那業那愛

我們還會再見到的吧

我們為何而生？

如果我們要把人的層次拉高到，來到這個世界上，

除了繁衍後代、維持生態系的運作外，有另外的層面要探討。

我們為什麼要活著。

或者是。有時候，我們為什麼不想再活著？

女孩天真地問媽媽，「活著是為什麼呢？」

媽媽說，「這根本不是個問題吧！」

的確，忙碌跟成熟會讓人忘記了這道題目。

究竟思考著為什麼要活著是一種幸福還是天真？

我已經很多年沒有想過這個問題了，

總之人生的過程不管如何，多少糾纏不清的恩怨情仇，

到結尾的時候，

總會換來一句一筆勾銷、往事隨風、一路好走。

好像小時候的卡通片，

太空戰士總是跟壞人纏鬥了好久，

到最後一分鐘忽然有驚無險地扭轉情勢坐大勝利。

165 我常常想，那麼前29鐘的意義在哪裡呢？

後來我就開始支持壞人那一方了。

於是若是過於在乎著激烈的愛恨煙火，

彷彿對人生盡頭的結論沒有有影響，

還不如牽著狗或陪著朋友散散步、跑幾圈，

都比鑽到腦袋瓜子裡去找尋不快樂要聰明得多。

「傷口永遠在，不會復原，但不會再痛得站不起來了。」

因為我們不是單元劇，我們無法遺忘。

所以醒來的時候總還是想著前一晚的不愉快。

我們總覺得自己是連續劇的主角，不管憤怒、憂傷，

都要延續到最後一刻，

因為電視機裡的人們，

都是這麼堅持著不快樂到最後一集最後一分鐘才柳暗花明的。

但長大以後我反而喜歡看整齣戲裡沒有壞人的單元影集。

每一次片頭曲響起，都是新的開始。

縱然有新的煩惱，也一定在片尾曲唱起之前迎刃而解。

明天又是新的練習。

用愉快的心情看任何事情都會是愉快的。反之亦然。

當然我知道誰都無法那麼純粹了。

擁抱的時候你選擇飾演河豚的哪一種面貌。

長滿了刺，是為了防衛性地保護自己，

還是開始學會了用武器傷害別人。

應采靈說：「老天爺很公平，你離開這個世界時他有一本帳 166

本，記錄一切，絕對很公平，所以最重要的是掌握活著的每

一天。」可惜生而在世的人都看不到這帳本。不記帳的後果

就是不斷累積。負債與收益，無法了然於心。成堆的呆帳只有在火化成灰時，換來眾人淺淺一句「一筆勾銷」，那種「雖然……其實……他也是個好人」的語法在我看來跟新聞事件裡馬後砲的半仙們一樣。

「等到有一天在天堂見面了……」我們真會在天堂相見嗎？

也許延續我無天堂的想法，結束了，就是結束了，這齣戲的最後一分鐘絕對會是圓滿收場的，但身為主角的自己因為總在第29分鐘退場，根本看不到、感受不到最後一分鐘的結論，那我們整整困頓憂愁了29分鐘，又代表著這人生中的什麼呢？活著的真正意義到底存在在前29分鐘，還是在眾人譜寫悠揚樂章的最後一分鐘呢？如果是前者，我們如何選擇坦承地面對自己的不完美，反正最後一分鐘都是公式罷了，也不必太過認真；如果是後者，不管活得精采與否，我們都終將是完美跟值得懷念的，在進廣告之後才悄然宣告遺忘。

Where'd you go?

Where'd you go?

I miss you so,

Seems like it's been forever,

That you've been gone,

Please come back home...   (Fort Minor)

寒冷的清晨　若無其事的太陽

電台依舊播放著無所云的情歌

上天又帶走一個素昧平生的年輕靈魂

傷感來得太突然　眼淚竟無從落下

如此難以想像

如果你不靠近的話她就是陌生的

於是這個地球依然正常地運轉著

不會超速　不會失控

像是什麼事情都沒有發生一樣

嬰兒依然善良地笑著

小販依舊拉著喉嚨嚷嚷著

應該是翻過身就不要再掛記的人生百態

卻沉重地壓在我的心上

妳去哪裡了

明明沒有另一個世界吧

都是我們在安慰自己的說法

但妳的印象清晰得　我無法接受

這又是一次　命運兇狠的搶奪

就這麼無情地　瞬間消失了

像是不一會兒就被蒸發的雨水

地面上又恢復乾燥清爽了

只能從空氣裡　嗅到一點痕跡

妳來過

妳現在又要去哪裡

而我還在貪婪地成長著

妳的離去　讓我學會堅強

讓我學會　習慣突如其來的憂傷

是不是

自己認為最堅強的時候

其實也是最不堪一擊的時候

後 言

無言 (2020)

最強大的想念
是沉默
所以我安靜了下來
結束喧鬧的功課
無言地萬語千言

2020.3

作者	葛大為

裝幀設計	吳佳璘
內封繪圖	吳佳璘、盧樂道
責任編輯	施彥如

董事長	林明燕	總編輯	林煜幃
副董事長	林良珀	副總經理	李曙辛
藝術總監	黃寶萍	主編	施彥如
執行顧問	謝恩仁	美術編輯	吳佳璘
社長	許悔之	企劃編輯	魏于婷

策略顧問	黃惠美 · 郭旭原 · 郭思敏 · 郭孟君
顧問	施昇輝 · 林子敬 · 謝恩仁 · 林志隆
法律顧問	國際通商法律事務所／邵瓊慧律師

出版	有鹿文化事業有限公司
地址	台北市大安區信義路三段 106 號 10 樓之 4
電話	02-2700-8388
傳真	02-2700-8178
網址	www.uniqueroute.com
電子信箱	service@uniqueroute.com

製版印刷	沐春行銷創意有限公司

總經銷	紅螞蟻圖書有限公司
地址	台北市內湖區舊宗路二段 121 巷 19 號
電話	02-2795-3656
傳真	02-2795-4100
網址	www.e-redant.com

ISBN：978-986-98871-1-3
初版：2020 年 6 月
定價：360 元

國家圖書館出版品預行編目(CIP)資料

左撇子

葛大為文字──初版. ── 臺北市：有鹿文化，2020.6
面；公分 . ─（看世界的方法；171）
ISBN：978-986-98871-1-3

863.55   109004986